# 시간에 꽂아둔 책갈피

책 만 드 는 집
시인선 244

# 시간에 꽂아둔 책갈피

이상희 시조집

책만드는집

| 시인의 말 |

시조라는 뜰을 기웃거리며 오랜 날을 보냈다.

나름 여러 자루의 연필도 깎았다.

가장 늦은 때가 가장 빠르다는 것을 믿으며

늘그막에 첫차에 오른다.

2024년 여름

이상희

| 차례 |



## 1부

# 2부

## 3부

# 4부

# 5부

# 1부

# 이월과 삼월 사이

꽃 시샘 이월이

명분 없이 서성댄다

웅크린 꽃잎 냄새

파리한 아침 햇살

맨발로 봄 마중 나간다

몸이 단

삼월이

# 삼월, 산에는

보송한 눈발 내려 포근히 잠재우고

춘삼월 자투리 볕, 덮은 이불 걷어내고

노오란 기지개 켜며 기침하는 산자락에

봉곳이 자리 잡은 폭폭한 우리 엄마

하늘도 슬프다고

쏟아낸 퍼런 눈물

어둑한 시간의 그늘

페타이어처럼 앉았다

# 흑백, 그 뒤안길
## –피아노 분리배출

봄비가 달근하게
가뭄을 추스르고
나뒹구는 풍요가
골목마다 넘실댄다
가슴팍 휘갈겨 쓴 이름표,
악보처럼 앉았다

허리뼈 곧추세워 두드린 꿈의 향연
베토벤 소나타에 숨 차오른 떨림도
흑백의 웅크린 몸집,
빗장 굳게 잠겼다

# 도토리묵 이야기

토함산 산등성이 오르락 내리락
주워 모은 우정이 맹글맹글 쌓였다
으깨어 헹구어내고 틀에 넣어 가두니

매끈한 몸매로 자세를 바꾸어서
시치미 뚝 떼며 요염하게 앉아있는
택배 속 켜켜이 누른 정情, 초인종을 누른다

# 그 언저리

햇빛은 천천히 여름을 증발시키고

헐거워진 시간이 길가에 뒹굴면

헐렁한 구름 사이로 옷깃이 접힌다

쓸쓸함이 탐스런 철 늦은 꽃들과

뚝뚝뚝 떨어진 잎, 붉은 시간 물리면

쏟아낸 계절 냄새로 가을이 수북하다

# 호수 위의 가부장제

왕관 같은 햇살을
머리에 인 수놈

뽀얀 숨결
면사포 나빌레라 암놈

수면에 미끄러지는
한 쌍의 저 거위

물 위의 부부는
아직도 유별하여

앞서거니 뒤서거니
하나인 듯 둘인 듯

애정은 물 아래서만
남몰래 만삭이다

# 여름이 오고 있다

비단을 잘 다려 펼쳐놓은 연둣빛

봄이 마른 난 자리 그림같이 조용해

준비된 어린 발들이 햇살 속으로 들어간다

수면을 훑는 바람 철수하는 봄 장군

벼락 맞아 부서진 집채 같은 바위도

사막이 되어버리는

몰려오는

폭염 예고

# 안전요원은 바쁘다

오뉴월 뙤약볕이 쏟아지는 신작로
갈 길을 막는다 삼각대 안내판이

"통행에 불편을 끼쳐 대단히 죄송합니다"

머리에 얹혀있는 안전제일 녹색 철모
메트로놈 지휘봉, 손에서 부지런하고
한 번도 열지 못한 입,
온몸으로 수화 한다

깡마른 몸뚱이에 시장기 펴 올리면
지표 위 중력의 무게로 견뎌내는
온종일 길손 파수병,
춤사위는 계속된다

# 지금은 생명이야

차창 밖 산야들이 꽁무니를 빼고서

요란한 폭우 속에 으스러지는 핸들

나 홀로 고속도로를 몰고 가는 대낮에

빗물을 튕기면서 속도를 추월하는

옆 차선 무모한 이름 모를 저 객기

지금은 '생명이야'라고

상향등을

확

켠다

# 그렇게 오는 가을

시린 눈 크게 뜨고
하늘 문 슬몃 여니

축복으로 느껴지는
늦여름 오후 낮달

시간에 꽂아둔 책갈피,
가만히 펼쳐본다

갑각류 동물처럼
입을 다문 책장엔

스멀스멀 둥지 튼
웅크린 먼지와

여름내 자란 게으름,

졸음 털며 일어선다

물기 잃은 연필 꺼내
글의 살바 다잡고

행간에 박혀있는
달짝지근 시어들

하나둘 빈 잔에 담으니,
또 그렇게 오는 가을

# 석류별곡

골목길 휘돌아서 어둠을 등에 지고
자줏빛 치마폭을 둥글게 드리우고
만삭의 부푼 잰걸음 달빛을 더듬는다

기우뚱 허수아비 고개 쳐든 가을볕에
분주해진 바람 손길 진통은 시작되고
촉촉한 아롱무늬 보석
쏟아내는 붉은 마음

## 환절기 풍경을 읽다

1

가을비 내린다 여름 심장 식힌다
늦더위 무릎에서 일순간 휘청한다
짧아진 그림자 속에 색 바랜 여름 뒤통수

2

단풍잎 한 장 얹어 배달된 발 빠른 가을
드러낸 초록 어깨 풍만한 곡식 낟알
빈 몸의 허수아비가 잰걸음으로 달려온다

# 패딩 재킷

촘촘한 시침실로
균일하게 길을 내고

빵빵한 몸매로
바람과 맞설 때면

동여맨 날카로운 북풍,
감금당한 한겨울

# 풍경, 우리 동네 미장원

설 명절 코앞에 둔, 마음 바쁜 오일장
뺑튀기집 모퉁이 똬리 튼 미장원 앞
버팀목 길잡이 실버카, 얼기설기 주차 중

여름 땡볕 핥고 간 쭈글쭈글 유리문 선팅
'어서'는 실종되고 '오세요'가 반긴다
어항 속 풀어 헤친 물풀, 불어터진 라면이다

구석에 앉은 티브이, 저 혼자 바쁘고
골 깊은 나무 의자 무르팍이 삐걱이면
입 따로 가위질 따로, 헛인사 단골 잡네

연분홍 헤어롤 마름질 시작되면
매시간 뽑아내는 틀에 박힌 뽀글이
곧 만날 자식들 생각, 뒤꼭지가 환하다

# 2부

# 지독한 멋쟁이

칠공주 집 큰언니 오늘도 외출 중
한겨울 살색 스타킹 초미니 스커트에
온 동네 너울거리는 물방울무늬 스카프

물 건너온 핸드백 어깨에서 부풀고
실밥 푼 쌍꺼풀 선글라스 속 선명해
원피스 얇은 실루엣, 정류장이 숨죽인다

아스팔트 찍어대는 하이힐 징 소리에
선머슴애 새가슴에 꽃망울이 돋고
물오른 휘파람 소리 여긴 벌써 봄이다

# 고장 난 설렘

1

신발장이 환하다 어제 온 새 구두로
빛깔 없는 일상에 기억을 꼬집으면
잠자던 추억 서랍이 기지개를 켠다

2

설 대목 오일장 날 새로 산 운동화
두 손에 꼬옥 쥔 채, 잠 못 든 그믐밤
혹시나 흙 묻을세라 앞섶에 품었다

3

서늘해진 현실에 시간은 시들었고
닫혀있던 설렘 문 활짝 열어젖혀
농익은 떨림의 날들, 한가득 줍고 싶다

## 쌀독, 글독

우리 집 곳간에 떡 버티고 있는 놈

백 년을 거뜬히 명당에 자리 보존해
식구들 일 년 양식을
다 삼키고 함구하네

책상 안 서랍에 떡 버티고 있는 놈

일 년을 거뜬히 명당에 자리 보존해
언제나 그 양식 소진할지,
기다리는 잉크병

# 꽃바느질하다

어머니 반짇고리 추억 실 바늘 꿰어

몇 가닥 겨울 햇살에 그리움을 깁는다

내 삶을 바느질하시던, 올 굵은 목소리

느슨해진 시간은 단단히 홀치고

실밥 풀린 인연은 매듭으로 갈무리해

세상을 누비며 살아라, 공그르듯 날렵하게

한 땀 한 땀 밟아온 오방색 바늘 길은

자식들 생의 솔기 감침질로 마무리한

오 남매 앞섶이 넉넉하다, 쏟아지는 웃음꽃

# 역귀성

희뿌연 미세먼지 길동무 앞세우고
자식 향한 가속페달
늙은 몸은 직진이다

설 명절 부푼 상행선
마음 벌써 환하다

고드름 드문드문
고향 집을 지키고
까치집 망루에는
칼바람이 대롱대롱

두고 온 삽살개 한 마리,
물끄러미 심심해

# 다시 넣어주세요

일곱 살 첫 손주 B형간염 예방접종

피를 뽑은 의사의 말

“피가 너무 깨끗하네”

“선생님,
깨끗한 내 피,

다시 넣어주세요”

## 불현듯, 오늘

어제와 오늘이 거울 속에 앉았다
십 년 전 마침표로 사라진 엄마와
풋것에 쟁여 넣은 시간, 볼우물 깊은 딸

흰 맨살 드러낸 무뚝뚝한 일상에
잘 익어 질겨진 그리움 한 됫박 꺼내
먹먹한 가슴 빗장 열어, 눈물 밥을 짓는다

얼룩 없이 묵언이 된 엄마의 속울음과
한 생의 햇볕에 삶의 통증 널어 말려
여름날 풀 냄새 같은, 새벽기도를 읽는다

# 이별이 왔다
–젊은 조카의 부고

병마는 젊은 생을 가볍게 증발시켜

무명의 어둠에 놓아버린 삶의 매듭

눈물은 흰 국화 속에 천만 단어로 쏟아지고

진 꽃잎 끌어안은 지어미 허공 눈빛

불어 터진 상처는 한 줄 행간으로 남고

마지막 벗겨진 비늘, 시커먼 슬픔 조각들

# 홀로

설 명절 향수병이 친정에 당도했다

어머니 먼저 보낸 홑겹의 아버지

녹슨 귀 닫혀진 소리, 보청기로 문 연다

욕조에 던져진,

실밥 터진 외로움 한 벌

바람도 각혈하는

적막 한 줌 귀퉁이

속울음 명치끝에 피는

검버섯 같은 통증

# 서출지에 머물다

길 잃은 한 더미 바람,

쉬어 가는 이요당*

진흙 속 천년 비밀

조용히 밀어 올려

생목숨 구한 편지 한 통

연꽃으로 환생한 듯

청태 낀 거북이 물 나이테 그으며

밀어를 엿듣는 까마귀 검은 날개

계책은 연못 속에 숨어

묻힌 채 고요하다

* 경주 남산 서출지 서북쪽에 위치한 정자.

# 품는다는 것은

빨랫줄에 온 식구가 줄지어 널려있다
입 다문 빨래집게 펄럭이는 내 유년
젊음을 앓다 간 큰오빠
바지랑대에 걸렸다

망각이란 햇살에도 마르지 않아서
부르튼 세월 물집 통점으로 남아
엄마의 서캐 같은 몸부림
아직도 그 자리다

## 우주를 품은 딸

어리게만 여겼던
품 안의 자식이
사랑 씨앗 태의 열매
고이도 맺었구나
둥그런 너의 자태는
우주를 품은 듯

걸음걸음 힘겨워도
샘솟는 모성애
새 생명 여린 숨결
새록새록 커가니
기쁨과 설레임으로
경이에 찬 네 눈빛

험하고 어려운 길은
다 비켜 나가고

허락한 제시간이
충실하게 영글어
순한 몸 환한 새 울음
손꼽아 기다린다

# 육손에 대한 회상

환한 햇살보다 어둠이 친구인 너

누가 볼세라 황급히 파고드는 곳

언제나 호주머니 속, 깜깜한 그 외로움

탯줄로 인연 된, 너 또한 뜨거운 육신

다섯이 모자라 하나를 더 주신 뜻은

깨물면 똑같은 아픔,

아니 더 아픈 이름

# 산 위의 섬

봄 햇살 춤사위에 흙먼지 자욱하고
가르마 외길 따라 올라간 산기슭에
등 굽은 할미꽃 울타리, 봉분마저 굽었다

듬성듬성 돋아난 몇 포기 제비꽃이
문패 없는 주인이라 다소곳 위로하며
외로이 둥근 가슴으로 섬같이 앉아있네

# 3부

# 살아있음에
## – 심전도검사

꼼꼼히 던져지는

메트로놈 박동으로

올 풀린 바짓단 실

형광색 포물선

커튼 속 고요를 깬다

푸른 날숨 들숨이

# 공존
–다초점 안경

불꽃 튀는 한판 승부
지금부터 시작이다

멀고도 가까운 그대
불편한 동거다

흩어진 다초점들이
유리벽을 흔든다

켜켜이 먼지 낀 채
뭉개진 시야는

비빌수록 흐려지는
핏발만 붉게 선다

등 뒤의 깨알 같은 글자
희미한 듯 선명하다

# 괜찮다

청록빛 젊음은 모서리가 닳았다
두께 얇은 시간들, 돌아앉은 봄날에
꽃대를 밀어 올린다
머리에 핀 흰 꽃

남아있는 세월 뿌리 무늬를 입혔지만
유효기간은 열흘, 시간을 불러 세우면
한 자락 딴청 부리는 마음
괜찮다 내일은

# 나이테의 품격

빼곡히 둘러앉은 나이의 담벼락에
숨죽인 세포들이 시위하듯 일어난다
팽팽한 주름살 자태, 주눅 들지 않는다

언제나 생글생글 눈가의 애교 주름
억지춘향 심술부린 두 고랑 팔자 주름
목덜미 가로지르는, 등고선 세월 주름

구석구석 몸 죄던 나사는 풀어지고
낡은 기억 불러 모아 내일을 엮으며
둥글게 익어가는 시간, 주름은 당당하다

# 당신이 바로 예수

—동화 작가 권정생

뒤란의 맨드라미 붉은 그늘 드리우고
슬레이트 삼 칸 흙집 주인 닮아 고요한
태기네 암소 워낭 소리 고샅길로 스며든다

땀 내음 비껴 나간 벽에 걸린 베적삼과
비우고 다 비운 겨 같은 몸무게로
열여덟 종지기 소년, 가슴으로 울렸다

퉁가리, 모래무지, 여뀌풀, 애기똥풀
풋풋한 거름 냄새 더불어 함께한
비워서 오히려 충분한, 환한 웃음 백합꽃

# 드럼 세탁기

화장기 벗은 웃음, 구겨진 얼룩들
하루를 쏟아붓고 남겨진 껍질들이
말없이 터널 속으로 떠밀려 들어간다

거품의 해일 속 생의 비늘 벗겨지고
젖은 몸 치대여 맨살을 드러내면
깃털이 가벼운 내일 표백되어 말갛다

# 착한 불면

발정 난 갱년기의
호르몬 교란인가

밤마다 설쳐대는
고삐 풀린 성성 잠

식탁에 마주 앉았다
한밤중 일심동체

# 아직 살아있다

빛바랜 호접란에 슬쩍 칼을 들이댔다
순간,
시든 꽃잎이 칼날을 물었다
신음을 꾹꾹 씹으며
울음을 뱉어낸다

꺾인 무르팍에 비친
시퍼런 힘줄
질긴 절규 먹고서 버틴
한 줄기 생명
슬며시 칼을 넣고서
마른 그늘 따낸다

## 말하고 싶다
-분재

꺾어진 허리에 뭉친
언어 하나 있다

계절을 잊은 지
오래된 무감각 단어

터질 듯 옥죄어 오는
내 안의 말 없는 절규

# 빈 둥지 증후군

결절종* 낯선 이름 내 곁에 다가와
관절을 탯줄 삼아 둥지 튼 지 십이 년
이제는 만삭 몸으로 양수를 터트린다

생각 없이 품었던 내 안의 헛꿈처럼
가뒀던 울음에 물컹하게 솟은 허기
바닥난 가슴팍에서 통증을 물리고 있다

기억은 망각 숲에 시치미로 가두고
통점으로 핀 열꽃, 연민의 글썽임이
세월을 잘라낸 흔적 헛집이나 지을까

* 손, 발등에 생기는 물혹의 일종.

# 우울의 조건

어깨를 수그리고 생각에 잠긴 코트

옷소매 보풀들이 근심처럼 맺히고

화장기 하나도 없는

그 여자가 사는 방

고독은

충실한 방문객이 되어주고

모서리 에워싼 몸피 불린 냉기들이

늙은 날 초상화처럼

그렁대는 낯설음

# 새벽에 하나님이 도우시리

–시편 46:5

방 안의 포근함을 애써 뒤로하고
동쪽 하늘 큰 별이 발걸음 재촉하면
신새벽 어둠을 깎아
마음 하나 세운다

달려온 칼바람이 얼굴을 때리고
휘발유 힘을 빌려 한 뼘 공간 데우면
머플러 빗장 걸고서,
웃바람은 출입 금지

세상 문 다 잠그고 메시아를 만난다
새벽잠 여는 찬송, 천장에 부딪치면
생명의 진리 말씀으로
가슴밭을 일군다

씨 뿌려 꽃은 피어 열매 맺지 못한

설익은 수박 맛 같은 밋밋한 신앙생활

이 새벽 잠자는 영혼,

하나님이 깨우시리

# 엿보다

변두리 정형외과 4병동 5인실에
교복 같은 환자복, 일렬횡대 누워있고
내일을 물고 서있는, 수액 줄이 환하다

아픔을 수놓은 갑옷 같은 허리 보호대
슬픔을 흡수한 팽팽한 간절함으로
상처의 쇼윈도우에 삶이 리셋되는 중

예의 바른 무관심이 몸에 밴 의사와
익숙한 친절에 길들여진 간호사
뺏뺏이 웅크린 통증, 오늘이 굳어진다

# 불면에 들다

알파벳 몇 알들에

삼켜버린 커피잔

잠 묻은 눈두덩이

긴 밤을 지우는데

내일은 주저하면서

비틀거리고 있다

# 4부

# 5분 자동 세차

한 달에 한 번씩 나이아가라를 간다
단단한 강철 옷에 뛰어든 폭포수
여기는 완벽한 진공
귀도 눈도 삼켜버린

포말이 흩어지는 새파란 선루프엔
주술에 걸린 듯 쏟아지는 상상 나래
오롯한 비밀의 공간이
팽팽하게 부푼다

물살 뚫고 솟아난 억척스런 광풍에
비틀며 몸 말리며 씻겨나는 잡념들
긴 터널 벗어난 궤도
가뿐하다
5분이

## 공백을 메꾸다

모니터 화면에서 깜박이는 커서가
떠돌던 생각들이 문장으로 모이면
얌전히 기다렸다는 듯
또박또박 밀려난다

낡고 비뚤어진 언어로 채우기보다
서먹한 침묵이 더 나을 때도 있지
웅크린 공간들 속에, 활자로 담지 못한 말

머뭇대며 시간을
텅
비우고 사라진다
아득한 흰 공백을
천천히 바라보며
오늘도 새 창을 연다
마침표가 반짝일 때까지

# 주소 찾기

늦깎이 학구열이

필통에서 홰를 친다

문해 교육 일 년 만에

글자들이 눈을 떴다

이제는

“저승길 찾는 데, 끄떡없제”

안심이다

# 그런 하루

오전 내 비가 내려 십자가도 젖었다
온 시름 널브러진 돌아앉은 외진 골목
맨얼굴 쿵쿵거리며 마실 나온 아줌마들

푸석한 옷매무새 헐거운 보폭들에
각 틀린 자동 우산 얼굴마저 삐뚤다
손에 든 고스톱 종잣돈, 어디서 씨 뿌릴까

철가방 오기도 전 배꼽시계 요란한데
달려와 자리 잡은 옆집 파전 부침개
버무려 삼키는 꿀 침, 입안이 부산스럽다

비 그친 엉성한 오후 해거름에 걸리면
설렁설렁 차린 밥상 일찌감치 물리고
빗장 연 티브이 드라마, 오늘을 재운다

# 야경의 뒤편

철의 꽃이 눈부셔라, 일어서는 바다 물꽃
밤이면 산업의 꽃도 덩달아 치장한다
또 다른 불빛 스펙트럼, 바다 위의 기와집*

몸을 연 향연이 물비늘로 울어대면
셔터로 몸 말리며 저녁 담는 청춘들
터지는 웃음 날개들, 파닥이며 찰랑인다

밤을 뜯어먹고 자라난 넌출대는 상가
깜깜할수록 더 빛나는 현란한 상술
쏟아낸 삶의 군상들, 뒷골목을 채색해

아무렇게 뱉어낸 욕망의 비린내가
시간을 배설하고 뒹구는 잔해들 속
양심이 뒤통수친다, 곧 아침이 온다고

* 포항 영일대 해상 누각. 포스코 맞은편에 있다.

# 조간신문

얼굴을 맞대고

어제를 논한 것을

신새벽 분주하게

나에게 찾아오면

앞다퉈 키워낸 말들

세상 귀가 환하다

## 돼지국밥집 그 여자

다대기 김치 국물 한 뭉텅이 쏟아부어
늦은 점심 붙잡는 서너 명 사내들
코끝의 땀방울까지 후루룩 빨려간다

색 바랜 염색 머리 올 풀린 면 티셔츠
호랑나비 너울대는 그 여자 왼쪽 팔뚝
맨살에 드러낸 외로움
와락 쏟아진다

뚝배기에 똬리 튼 소태 같은 한가함
오늘도 점심 장사
시린 손을 씻으면
버짐 핀 빈 금고에는
월세 걱정 가득하다

## 맨발로

어느 날 우리 동네

새 길이 생겼다

할 일 없는 신발을 머리에 이고서

줄지어 따라나서는 길

건강입區 맨발路 1길

# 밤의 발자국을 잡다

헝클어진 내면이 하나둘 자리 잡고

손끝을 건드리는 몇 가닥의 감성들

뾰족한 연필 끝으로 한밤 시를 낚아본다

무심히 바라보며 던져놓은 행간

도무지 입질하지 않는 시심 바늘에

이때다, 찌가 살짜기 흔들렸다

그러나!

# 새벽 3시
–죽도시장 어판장

바다를 건져 올리자

새벽이 먼저 왔다

깃을 털고 쏟아지는

비리고 싱싱한 말들

하루를 거머쥔 삶의 현장

손짓 발짓

치열하다

# 소모품인걸요

이른 아침 휴대폰, 방정맞게 몸을 떤다
까칠한 옆집 아저씨 겸손한 목소리
지하의 주차장으로 내려오란다, 지금

반듯한 주차선에 도도하게 앉은 애마
격하게 상처 받아 너덜거리는 범퍼
핏발 선 왼쪽 라이트
힘줄 드러낸 사이드 미러

출렁이는 자비심 몸값 높이는 인정人情
"그래요 그럴 수 있죠, 다 소모품인걸요"
어차피 인생도 범퍼도, 물음표 같은 소모품

# 숙제하는 중

–성경 녹음

떨리는 입술에 물 한 모금 적시고

마른 입 마른침 그마저도 멈춰 선

골고다 그 언덕 채우는, 그분 말씀 받는다

멀고 높은 목소리를 책상에 앉히고

긴장하는 휴대폰 큐 사인을 받으면

비로소 바로잡은 목울대,

마음을 얹는다

## 친절한 졸음쉼터

피로에 짓눌린 자동차 보닛이
호객하는 넛지에 쪽잠을 선물 받고

가던 길 재촉하는 나그네
뒤태가 가볍다

# 오카리나의 본성

옆집에 새 한 마리 둥지를 틀었다

밤이면 어김없이 제 위치 알려준다

흙냄새 투욱툭 털어, 세월 구운 피리다

구멍마다 박혀있는 아슬아슬 목메임

파르르 떨며 나온다 날刃 세운 며느리 울음

삼십 년 시집살이는 구겨진 악보다

# 5부

# 가불하고 싶다

휴식이 묶인 채로 지루하게 정박 중
무료함을 비집고 자리 잡은 마스크
일상은 외로움 안고
저 혼자 늙어간다

초점 잃은 대문은 외출을 닫았고
고랑처럼 깊어진 이맛살 주름도
모른 척 눈감아 줬다,
단내 향 기다림으로

멈춰 선 삼십육 개월, 옹알이 글줄
곰팡내 짙은 시간 메말라 푸석일 때
잘 익은 봄날 한 광주리, 벌름대며
가불하고 싶다

# 그 후

하늘 문 열리던 날, 호미곶 제철소에

끊어진 산허리 입 벌린 아가미에서

황톳빛 산의 핏물이 익사하듯 쏟아졌다

힌남노* 쇠스랑에 걸려든 노동 통곡

뒤엉킨 쇠비린내 신음하는 용광로

멈춰 선 산업 정수리

끊어진 붉은 역사

* 2022년 11호 태풍.

## 화려한 백수

한 평 반 사각 공간, 수북한 세월에

짜여진 틀 속에서 치달아 온 한 생애

이제는 뛰쳐나와 봐,

자유로운 영혼아

인생 2막 팡파르, 지금부터 시작이다

여유를 난도질하며 하루를 유영하는

은밀한 즐거움 속에

늙음을 뜯고 있다

# 낯선 봄

남쪽의 화신이 제 그림자와 놀고 있다

현실은 잔혹하게 혼자 앉아 묵직하고

불안은 충혈된 눈으로 쪽잠에 들었다

어쩌나, 갖고 온 선물 전달도 못 했는데

구석구석 꽃 담화 난전에서 배회할 때

당당한 바이러스 패거리, 질풍노도 날뛴다

지금쯤 누릴 환희, 낚아채 간 몹쓸 것

소리 없는 광란의 춤 부음이 넘쳐나고

이 봄은 우울마저도 박제된 채 갇혔다

# 따분하다

견고한 일상들이 여기저기 들러붙어

벽지의 얼룩처럼 돋아나는 권태들

차고도 무뚝뚝한 공기, 방 안을 쓰다듬는다

선 굵은 우울들이 고요 속 걸어오면

외로움을 펴 발라 침묵을 포장하고

농축된 지루함들이 시간을 갉아먹는다

# 이제는

그만 날개를 펴다오 회색빛 침묵아

소박한 충만함이 넘치듯 들어오게

칩거에 갇힌 일상이 문을 열어젖히게

학살당한 설렘들 하나씩 호명하고

볕뉘 같은 글귀는 햇살에 물려놓고

유물로 박제하고 싶은

저 큐알코드 인식기

# 어긋난 도시*

호랑이 꼬리뼈가 뒤틀리며 벌어졌다
다무포 고래 떼들 스크럼을 짜고서
호미곶 끓는 용광로 말문을 닫았다
도심의 간판들은 움켜쥔 잡풀 같고
괄약근 풀린 하루, 햇살 몇 올 비치는
감각의 무중력 공간, 빈집처럼 괴괴하다

* 2017년 11월 포항 지진.

# 말이 아프다

– 장례식장

낮게 깔린 검은 냄새

깊게 당겨 마신다

입술 끝엔 울음버섯

촘촘히 돋아나고

구석엔 못다 한 말들이

젖은 채로 아프다

# 환절기 몸살

뙤약볕도 식어서 홑겹으로 시침한

둥지 튼 가을볕 말라가는 하얀 빨래

얄궂은 역병 냄새에

등이 굽은 여름 끝

실밥이 삭아가듯 시간이 낡아가는

수북한 쓸쓸함과 물기 마른 일상에

가을이 확장되고 있다

부풀고 있는 국화꽃

## 고장은 예고도 없다

이십 년 거뜬하던 양문형 냉장고가
오늘은 냉각 풀고 자유를 선언한다
예고편, 리허설 따윈 사전에도 없단다

스멀스멀 기어 나온 세월의 통정 앞에
떠밀려 도달한 나사 풀린 결승점
참았던 오랜 울음을 폭풍처럼 쏟아낸다

품었던 식솔들과 널브러진 품위들
눌어붙은 일상의 때, 뜨끈한 욕망들
여닫은 삶의 질긴 근육, 입 벌려 풀어 헤친다

# 열중쉬어

주차장엔 묶여있는
향수병이 만원이다

오방색 설빔들은 곧추세워 출렁이고

주머니 세뱃돈은 접힌 채
네 귀가 닳았다

멀거니 쳐다보는
영상에서 꾸벅이다

맨얼굴 활보 중인
애꿎은 전염병

혼자서 중얼거리는 덕담
넘어가는 하루

# 도리마을*

간만에 모여든 여고 동창 서너 명

신문에서 왁자지껄 그곳을 읽으려고

받아 쥔 현지 주소로 가을 책상 옮겼다

갈변된 오보들이 방정 떠는 주차장엔

절경이란 이름표가 골목골목 나뒹굴고

역병이 털고 간 은행 금고

터엉

비어있었다

* 경주시 서면에 있는 은행나무 군락지.

## 어느 날, 갑자기

모서리가 구겨진 말

힘을 뺀 겸손으로

버텨낸 하루 무게

보듬고픈 상처들

불현듯 삶의 목마름

마중물이 그립다

## 영상, 2017년

#광화문

이른 봄 촛불 행진 광장은 뜨거웠다
결기 세운 깃발이 썩은 물 토해냈다
새 문패 파란 지붕이 환하게 펄럭였다

#세월호

내성 없는 눈물에 녹슨 침묵 올라왔다
소리 없는 메아리 음색만 바래갔다
침몰한 강력한 필연, 실체가 떠올랐다

#지진

한마디 언질 없이 한반도가 삐걱했다
쫓겨난 일상들이 빈 둥지서 배회한다
헐벗은 평온함 속에 내일은 금이 갔다

# 귀순 용사

총알을 끌어안고 사선을 넘어왔다
목숨을 리필해 준 의사가 분노했다
저울 위 무게는 같았다, 해방감 혹은 불안감

| 해설 |

# 지난한 일생을 서정으로 바꾸는 시간성의 변주

임성구 시조시인·한국문인협회 시조분과 회장

## 1. 여는 말

이상희 시인의 첫 시조집 『시간에 꽂아둔 책갈피』를 펼쳐놓고 깊은 상념에 든다. 시조집 해설을 써본 적 없는 필자로서는 난감할 뿐이다. 하여 작품을 분석하고 해석해내는 비평가의 눈과 필력을 애써 닮고자, 혹은 따라가고자 하는 생각은 아예 접었다. 그냥 편안하고 솔직한 감상평 정도에 그치겠지만, 시조집 해설이라는 첫 시도에 나름의 의미를 두고자 한다.

오랜 시간 동안 그녀가 보살피고 키워낸 아름드리나무

의 푸른 잎맥의 혈관을 따라간다. 꽃을 채집하는 꿀벌처럼, 푸릇푸릇하고 화사한 정형시의 꿀을 채집해 보기로 한다. 시인이 정성으로 가꾼 잎맥과 꽃의 아득한 시간 속으로 빠져든다. 한 번도 열리지 않던 마음에 열쇠를 꽂고 시동을 건다. 현관 출입문을 개방하듯, 한 생의 수장고가 된 그녀의 시조집 출입구를 개방한다.

시인이라는 이름을 갖기까지 얼마나 아득한 시간을 변주하며 건너왔을까. 시인이란 이름을 단 후엔 또 얼마나 많은 시간을 서성였을까. 그녀가 추구하는 이미지 조형력과 절제된 어법의 긴장감이 주는 시적 여운처럼, 얼마나 자신을 낮추며 긴긴 여정의 길을 걸어왔을까. 복잡하고 파편화된 현대 자본주의 사회에서 사물과 풍경을 접하면서 새로운 가능성을 타진하며 얼마나 많은 거친 밤도 지새웠을까. 시조 형식 미학의 근본이라 할 압축과 절제 속에서 시인과 생활인으로서의 자기 정체성을 인식하고, 삶의 숙명에 대한 인간적 고뇌를 어떻게 작품으로 승화시켜 강한 여운을 남기고 있을까. 무척 궁금할 수밖에 없다.

시편 전반에서 섬세하고 아름다운 시적 묘사가 뚜렷하게 읽힌다. 이미 사라져 버린 흑백의 시간에 다시 생명을 불어넣고, 사유의 공간을 확장한다. 가령 "꽃 시샘 이월이/ 명분 없이 서성대"(「이월과 삼월 사이」)며 삼월로 건너가는 동안의 여백이 그렇다. 여백을 하나씩 채우며 "비단을 잘 다려 펼쳐놓은 연둣빛"(「여름이 오고 있다」)이 초록으로 물드는 시간이 그렇다. 초록이 깊어져 무성한 녹음綠陰으로 치달은 계절은, 폭염과 폭우의 시간으로 지나간다. 여름날 열기로 들끓는 시간과 폭우에 잠겨 뭉개진 잎사귀처럼 풀 죽은 시간의 경계가 아슬하다. 아슬한 경계를 뛰어넘어 성장한 계절의 페이지엔 "단풍잎 한 장 얹어 배달된 발 빠른 가을"(「환절기 풍경을 읽다」)과 "풍만한 곡식 낟알"을 나르는 한 짐 가득한 만추의 수레가 있다. 만추의 수레는 팽팽해진 만월과 같다. 팽팽한 만월은 시간의 흐름에 따라 조금씩 제 몸이 깎이면서 쪼글쪼글해진다. "빈 몸의 허수아비가 잰걸음으로 달려오"는 일상은 허무하게 흔들린다. 무한정으로 흘러가는 세월의 파편이 여기저기 널려있다. 정지된 시간의 극점에서 희망과 절망이라는 긴장감은 우리의 삶의 속살을 다시 들여다보게 한다.

### 2. 서정적으로 변주하며 세상을 자세히 들여다보기

삶은 만화경처럼 펼쳐놓은 추억의 수첩 한복판에 자리잡은 고향과 같다. 한 시절의 일상이 생엿처럼 녹아내리는 진득진득한 삶을, 달달한 시간 속으로 안내하기도 한다. 달달한 시간이란, 지워도 다시 돋아나는 새싹처럼 선명한 연둣빛의 수많은 시적 이미지로 온다. 독자로 하여금 동감하며, 수긍하며, 행간에 푹 빠져들게 하는 시간이라 할 수 있다. 동감하며, 수긍하는 시간은, 색이 선명한 압화로 만든 책갈피를 꽂아두는 시간이다.

그렇다면 지금부터 마른 꽃잎 책갈피에 생명을 불어넣은 몇 편의 작품을 자세히 읽는다. 그녀가 그려놓은 수채화 빛 풍경 속으로 나란히 동행한다. 먼저 그녀가 자주 드나드는 어느 시골 장터 모퉁이에 자리한 미장원 문을 열고 들어가 본다. 출입문의 방울이 딸랑딸랑 소리를 낸다. 해야 할 말을 압축한 문장들이 죽순처럼 깨어난다.

설 명절 코앞에 둔, 마음 바쁜 오일장
뻥튀기집 모퉁이 똬리 튼 미장원 앞
버팀목 길잡이 실버카, 얼기설기 주차 중

여름 땡볕 핥고 간 쭈글쭈글 유리문 선팅
'어서'는 실종되고 '오세요'가 반긴다
어항 속 풀어 헤친 물풀, 불어터진 라면이다

구석에 앉은 티브이, 저 혼자 바쁘고
골 깊은 나무 의자 무르팍이 삐걱이면
입 따로 가위질 따로, 헛인사 단골 잡네

연분홍 헤어롤 마름질 시작되면
매시간 뽑아내는 틀에 박힌 뽀글이
곧 만날 자식들 생각, 뒤꼭지가 환하다
-「풍경, 우리 동네 미장원」 전문

위 작품에서 독자들은 왁자지껄한 이야기가 살아 숨쉬는 공간을 마주하게 된다. 한 생을 끌고 온 녹슨 몸의 "버팀목 길잡이 실버카"가 "얼기설기 주차 중"인 작은 공간이다. 실버카는 거동이 불편한 노인이 실외에서 활동할 때 이용하는 보행 보조 기구다. "뻥튀기집 모퉁이 똬리 튼 미장원 앞" 작은 공간에 얼기설기 놓인 실버카에 시선이 머문다. 오일장 한 모퉁이에 미장원이 있는 시인의 동네는, 이미 노령화가 진행 중이다. 몇 대의 실버카가 주차되어 있는지는 알 수 없으나, "얼기설기"라는 말에서 한두 대가 아니란 걸 금방 알 수 있다. 노인은 많고 젊은이는 듬성듬성 보이는 오래된 동네다.

"쭈글쭈글"한 "유리문 선팅"이나 "오세요"만이 남아있는 힘없고 간추려진 인사가, "골 깊은 나무 의자 무르팍이 삐걱이"는 오랜 시간을 대변하듯 생동감을 잃어버렸다. 그런 가운데서도 "입 따로 가위질 따로, 헛인사"를 뽑아내는 사장님의 시간은, 콧노래가 흘러나올 것같이 활기차다. 삐거덕, 삐거덕 출입문이 닳아 없어져도 좋다는 듯이, 명절을 앞둔 미장원은 한목에 생동감을 찾으려고 애쓰는 중이다. 간혹 장날이나 명절이 돼야만 약간 분주해지는 동네 미장원이다. 나름대로 뽀글뽀글 꽃단장하고 자식들을 기다릴 부푼 마음이 말랑말랑해진다. "연분홍 헤어롤 마름질 시작되면"에서 알 수 있듯이 환한 미소를 머금은 희망이다. "매시간 뽑아내는" 것은 동네 미장원의 "틀에 박힌 뽀글이"뿐만 아니라, "뒤꼭지가 환"해질 때까지 자식들 자랑으로 무르익는 어머니들의 정겨운 수다이며, 이러한 것들이 이루어지는 공간은 좁지만 광활하다.

구석진 곳에서 저 혼자 떠들어대는 낡은 티브이 소리와 어머님들의 한바탕 작은 마당놀이 같은 동네 미장원의 이야기를 뒤로하고, 차디찬 겨울날에 「지독한 멋쟁이」의 경쾌한 발걸음을 따라가서 들뜬 마음을 엿보려고 한다.

칠공주 집 큰언니 오늘도 외출 중
한겨울 살색 스타킹 초미니 스커트에
온 동네 너울거리는 물방울무늬 스카프

물 건너온 핸드백 어깨에서 부풀고
실밥 푼 쌍꺼풀 선글라스 속 선명해
원피스 얇은 실루엣, 정류장이 숨죽인다

아스팔트 찍어대는 하이힐 징 소리에
선머슴애 새가슴에 꽃망울이 돋고
물오른 휘파람 소리 여긴 벌써 봄이다
–「지독한 멋쟁이」 전문

세상의 멋쟁이들은 대단한 정신력의 소유자들이다. "한겨울 살색 스타킹 초미니 스커트"를 입어도 추위를 모른다. 그 어떤 혹한도 견뎌낼 만큼, 지독한 정신력이다. 그 정신의 원천은 하이힐의 굽 높이만큼이나 도도하고 "물 건너온 핸드백 어깨에서 부"푸는 꿈과 연결된 통로일 수도 있겠다. "원피스 얇은 실루엣, 정류장이 숨죽인다"니 꿈이 부푸는 고 짧은 시간 속의 기발한 비유는, 출근길이 아닌 외출의 느슨한 시간을 압축한다.

멋쟁이 여자 곁에 서있는 것은, 멋쟁이 남자가 아니다. 시인은 감정과 생명성이 없는 차가운 '정류장'이라는 사물에 생명을 불어넣는다. 냉담한 감정선에서 숨소리가 들린다. 차갑지만 뜨겁게 살아있는 생명이다. 그녀만이 형용할 수 있는 비유이면서, 독자에겐 자연스럽게 공감대를 형성할 수 있도록 행간을 변주해 주고 있다. 행여라도 봄 향기 같은 바람이 살랑 한번 불면, 두근거리는 가슴을 가진 정류장이 뜨거운 숨소리를 토해낼 것 같지 않은가. 하물며 "아스팔트 찍어대는 하이힐" 소리로 다가오는 멋쟁이 여자는, 사내의 가슴에 현기증을 일으키기엔 충분하다. 사내의 심장이 쿵쿵거리는 현상에도 그녀는 "선머슴애 새가슴에 꽃망울이 돋"는다고 표현하고 있다. 겨울날 꽁꽁 언 사내의 들뜬 심장에 봄을 알리는 연둣빛 신호다. 사내의 "물오른 휘파람 소리"에 지독하게 도도한 멋쟁이가 한순간에 안기는 봄이다. 한순간에 안기는 봄은 연애소설의 한 장면처럼 선명한 이미저리다. 꿈으로 엮어가는 세계가 궁전 하나를 세워 물드는 꽃다운 시절이다. 지독한 멋쟁이의 사랑을 축하하며, 다음 시 세계로 넘어간다.

어머니 반짇고리 추억 실 바늘 꿰어

몇 가닥 겨울 햇살에 그리움을 깁는다

내 삶을 바느질하시던, 올 굵은 목소리

느슨해진 시간은 단단히 홀치고

실밥 풀린 인연은 매듭으로 갈무리해

세상을 누비며 살아라, 공그르듯 날렵하게

한 땀 한 땀 밟아온 오방색 바늘 길은

자식들 생의 솔기 감침질로 마무리한

오 남매 앞섶이 넉넉하다, 쏟아지는 웃음꽃

–「꽃바느질하다」 전문

오래된 어머니의 반짇고리 추억을 펼쳐놓고 바느질을 시작하는 시간 속으로 또 다른 행간을 연다. 첫 수 중장 "몇 가닥 겨울 햇살에 그리움을 깁는다"까지가 독자를 화자에게 데려오는 시간이다. 종장에서 자신의 삶 속에 어머니의 "올 굵은 목소리"를 겹꽃처럼 포갠다. 어머니의 고된 삶과 화자의 삶이 둘째 수 종장까지 긴장을 이어간다. "느슨해진 시간은 단단히 홀치고/ 실밥 풀린 인연은 매듭으로 갈무리해/ 세상을 누비며 살"라고 단단한 대물림의 말씀을 전한다. "한 땀 한 땀" 화자의 바느질이 웃음꽃을 쏟아낼 때까지, 어머니는 환하게 생의 길을 비춰주는 등대 역할을 한다. "오 남매 앞섶이 넉넉"해지도록 한 땀 한 땀 일군 노고가 꽃시간을 만들어낸다. 어쩌면 「꽃바느질하다」는 시대와 공간을 초월해 암묵적으로 더없는 행복으로 이끄는, 한 모녀의 소리 없는 겹꽃잎 사랑의 동행이다.

철의 꽃이 눈부셔라, 일어서는 바다 물꽃
밤이면 산업의 꽃도 덩달아 치장한다
또 다른 불빛 스펙트럼, 바다 위의 기와집

몸을 연 향연이 물비늘로 울어대면
셔터로 몸 말리며 저녁 담는 청춘들
터지는 웃음 날개들, 파닥이며 찰랑인다

밤을 뜯어먹고 자라난 넌출대는 상가
깜깜할수록 더 빛나는 현란한 상술
쏟아낸 삶의 군상들, 뒷골목을 채색해

아무렇게 뱉어낸 욕망의 비린내가
시간을 배설하고 뒹구는 잔해들 속
양심이 뒤통수친다, 곧 아침이 온다고
-「야경의 뒤편」 전문

위 작품은 어지럽게 널린 절망("잔해")을 다시 희망("아침")으로 바꾸고자 하는 화자의 메시지가 폭넓게 깃들어

있는 수작이라 할 수 있다. 도입부부터 강렬한 힘을 발산해서 끝까지 힘을 빼지 않고 더 강렬한 힘으로 솟구친다.

깊은 밤에도 펄펄 끓는 쇳물의 기세가 쉬이 잠들지 못하는 제철공장의 24시간이다. 단언컨대 제철공장 특성상 3교대 근무 환경이 이루어짐이 분명하다. 한시도 쉼을 모르는 시인이 사는 도시는, 밤바다도 시뻘건 쇳물빛 파도로 출렁이는 것이다. 한쪽에서는 산업 현장의 불꽃이고, 또 다른 한쪽에선 청춘들의 술판이 쇳물처럼 뜨겁게 달아오르는 시간이다. 구슬땀과 넋두리가 무르익는 시간이 지역을 먹여 살리고 나라를 먹여 살린다. '철의 꽃', '불빛 스펙트럼', '밤을 뜯어먹는 상가', '욕망의 비린내', '양심의 뒤통수'에 자라는 희망과 절망을 수없이 반복하면서 도시를 세우고, 국가를 세운 것이다. 현대인의 치열한 삶과 욕망을 읽어낸 시인의 날카로운 시선과 작품의 완성도를 느낄 수 있다.

### 3. 고통의 삶 속에서 은유적 물음에 대답하기

고통을 견디며 사는 게 얼마나 힘든 삶인지, 아픔을 겪어보지 않은 사람은 모른다. 그 아픔을 개방하여 시로 탄

생시킨다는 것은 더욱 힘든 작업이다. 아픔을 풀어 쓰는 시는 자칫 잘못하면 넋두리로 끝날 위험성도 존재하고 있다. 아픔(한恨)을 절제하여 노래하는 가수의 노래를 듣고 있으면, 오히려 마음이 편안해진다. 그의 노래에 편승하여 따라 부르면서 자신의 응어리도 천천히 풀어내는 것이다. 하지만 대성통곡하듯이 왈칵 쏟아내는 노래를 듣고 따라 부르면 청승이 된다. 시도 마찬가지다. 고통(슬픔)의 절제를 모르는 시는, 읽는 이를 힘들게 할 뿐이다. 적당한 절제미와 요소요소 은유적 장치가 있어야만 시가 감동적이어서 독자로부터 많은 사랑을 받게 될 것이다.

이상희 시인이 풀어내는 몇 편의 고통(슬픔)의 시간을 감상할 준비를 하고 마음을 다잡아 보기로 한다. 먼저 「불현듯, 오늘」이라는 작품을 읽으며 화자와 같이 부재의 행간에 살아보기로 한다.

> 어제와 오늘이 거울 속에 앉았다
> 십 년 전 마침표로 사라진 엄마와
> 풋것에 쟁여 넣은 시간, 볼우물 깊은 딸
>
> 흰 맨살 드러낸 무뚝뚝한 일상에

잘 익어 질겨진 그리움 한 됫박 꺼내
먹먹한 가슴 빗장 열어, 눈물 밥을 짓는다

얼룩 없이 묵언이 된 엄마의 속울음과
한 생의 햇볕에 삶의 통증 널어 말려
여름날 풀 냄새 같은, 새벽기도를 읽는다
–「불현듯, 오늘」 전문

어제와 오늘의 시간은 아주 짧고도 어마어마한 시간이다. 포문을 연 "어제와 오늘이 거울 속에 앉"은 시간을 함께 들여다보자. 거울 속에 앉아있는 어제와 오늘은 몇 해의 시간인가. 어머니 부재가 이루어진 거울 속 시간은, 십 년이라는 세월이 흘렀다. 마냥 넋 놓고 있을 만큼 슬프지만은 않다. 왜냐면 어머니를 닮은 자신의 모습을 보며 "풋것에 쟁여 넣은 시간, 볼우물 깊은 딸"이라고 슬픔의 변화적 은유를 사용한 까닭이다.

둘째 수에서 "잘 익어 질겨진 그리움 한 됫박 꺼내/ 먹먹한 가슴 빗장 열어, 눈물 밥을 짓는다"라는 대목은 어머니의 기일임을 암시한다. 통곡이 아닌 얼룩진 속울음을 꺼내 지난한 "삶의 통증 널어 말"린다. 잘 말려진 통증은

풀 냄새가 난다. "여름날 풀 냄새 같은, 새벽기도를 읽는다"니 이 얼마나 고통(슬픔)을 은유적으로 표현한 작품인가. 슬픔이 풀 냄새 안고 넘실대는 잔잔한 물결과도 같은 회상의 깊은 여운이다.

빨랫줄에 온 식구가 줄지어 널려있다
입 다문 빨래집게 펄럭이는 내 유년
젊음을 앓다 간 큰오빠
바지랑대에 걸렸다

망각이란 햇살에도 마르지 않아서
부르튼 세월 물집 통점으로 남아
엄마의 서캐 같은 몸부림
아직도 그 자리다
–「품는다는 것은」 전문

이 작품 역시 고통(슬픔)을 따뜻하게 품어주는 작품이다. 그녀의 유년 속에 남아있는 큰오빠의 부재와, 자식을 가슴에 묻은 어머니의 삶을 작품 속에서 담담하게 껴안아 주고 있다. "빨랫줄에 온 식구가 줄지어 널려있다." 그

렇지만 큰오빠는 부재중이다. 부재중인 오빠를 바지랑대 끝으로 다시 불러 앉혔다. 그리고 "엄마의 서캐 같은 몸부림/ 아직도 그 자리다." 엄마의 응어리진 고통은 끝이 나지 않았다는 말이다. 오랜 연륜에서 오는 그녀의 시적 내공이 보통이 아니다. 다음 작품 「살아있음에 - 심전도검사」에서도 그녀의 내공을 엿볼 수 있다.

꼼꼼히 던져지는

메트로놈 박동으로

올 풀린 바짓단 실

형광색 포물선

커튼 속 고요를 깬다

푸른 날숨 들숨이

–「살아있음에 - 심전도검사」 전문

이 작품은 단시조로서 매우 간결하면서 여운이 깊다. 마지막 종장 두 음보 "푸른 날숨 들숨이"의 여운은 바로 생명의 연장선에 있다. 힘겨운 날숨과 들숨이 아니라, 어쩌면 희망적이어서 더 푸르른 날숨과 들숨인 것이다. 그녀가 처한 현실을 부정하며 삶에 대한 끈을 놓지 않으려는 의지를 담아낸 작품이기도 하다. "메트로놈 박동"(빨강)과 "올 풀린 바짓단 실"(흰색), "형광색 포물선", "푸른 날숨 들숨"은 온통 생명의 색으로 가득하다. 여기서 멈추거나 끊어져 버리면 더 이상 생명을 연장할 수 없다. 시인은 그것을 알기에 안도의 숨을 크게 몰아쉬며, 보이지 않게 매일매일 오늘에 감사하는 중이다.

식물의 삶을 통해 우리의 삶을 들여다보는 다음 작품 「아직 살아있다」를 살펴보면 푸른 생명력을 알 수 있다.

빛바랜 호접란에 슬쩍 칼을 들이댔다
순간,
시든 꽃잎이 칼날을 물었다
신음을 꾹꾹 씹으며
울음을 뱉어낸다

꺾인 무르팍에 비친
시퍼런 힘줄
질긴 절규 먹고서 버틴
한 줄기 생명
슬며시 칼을 넣고서
마른 그늘 따낸다
–「아직 살아있다」 전문

호접란은 시든 꽃잎 부분을 잘라줘야만 꽃을 더 오래 볼 수 있다. 꽃대의 중심에서 곁가지가 나와 새로운 꽃대를 형성하고, 꽃의 수명을 연장할 수 있는 것이다. 빛바랜 꽃대를 잘라내는 과정은 사람으로 비유하자면, 시술하듯, 수술하듯, 병들고 곪아 터진 부분을 도려내는 작업이다. 시인은 우리의 몸을 수술하듯 칼날이라는 메스로 수술 중이다. 이 과정에서 신음과도 같은 꽃의 울음을 듣는다. "빛바랜 호접란에 슬쩍 칼을 들이댔다/ 순간,/ 시든 꽃잎이 칼날을 물었다." 여기서 "슬쩍"과 "순간"이라는 단어 사이에 이미지가 선명하게 그려진다. "슬쩍"은 그녀의 찰나적인 행위이고 "순간"은 호접란의 찰나적 행위이다. 그녀가 시퍼런 칼날을 들이대자 꽃잎의 입술로 칼날을 앙다문 격이다. 어떤 상황인지는 호접란 꽃잎의 모양을 눈으로 그려보면 그 현상을 알 수 있을 것이다. 시인은 모름지기 식물의 소리를 확장해서 들을 수 있는 존재가 아닌가. 정말 놀라운 발견과 함께 식물에서 사람에게로 건너가는 시적 확장성이 돋보인다. 이 대단한 전개가 둘째 수에 와서 확 드러난다. "꺾인 무르팍에 비친/ 시퍼런 힘줄"이라니, 늙고 병든 인간의 육신, 즉 "질긴 절규 먹고서 버틴/ 한 줄기 생명"에서 곪아 터진 육신의 일부를 제거하는 것과도 같다. 그리고 "울음을 뱉어"냈듯이, 나 "아직 살아있다"고 고함치는 것 같지 않은가. 이 작품에서 시인은, 사물과 인간의 삶과 죽음에 대한 현실을 시적 긴장감으로 여실히 보여준다.

몇 번을 고쳐 쓴 우리의 몸도 점점 끝이 보이는 것을, 「엿보다」라는 다음 작품에서 더욱 선명하게 보여준다.

변두리 정형외과 4병동 5인실에
교복 같은 환자복, 일렬횡대 누워있고
내일을 물고 서있는, 수액 줄이 환하다

아픔을 수놓은 갑옷 같은 허리 보호대

슬픔을 흡수한 팽팽한 간절함으로
상처의 쇼윈도우에 삶이 리셋되는 중

예의 바른 무관심이 몸에 밴 의사와
익숙한 친절에 길들여진 간호사
뻣뻣이 웅크린 통증, 오늘이 굳어진다
—「엿보다」 전문

정형외과가 등장하는 것을 보면, 가족 중에 누군가가 골격계(허리) 수술을 하였으리라 유추할 수 있다. 시인이 병실에 같이 머물면서 환자를 보살폈거나, 아니면 잠시 병문안한 병실의 풍경을 슬쩍 들여다보며 쓴 체험적 작품이다. 앞선 작품 「아직 살아있다」에서 "꺾인 무르팍"이 등장했듯이, 여기선 "뻣뻣이 웅크린 통증"이 등장한다. 두 작품이 일맥상통한 그림이다. 둘째 수에서 "슬픔을 흡수한 팽팽한 간절함"이 전해지는 "갑옷 같은 허리 보호대"가 등장한다. 지난한 생을 끌고 온 시간이 미래의 시간에게 양보하듯 리셋되는 중이다. 오늘의 고통이 지나면 내일은 좀 더 나으리라는 희망을 엿보며 쓴, 시인의 마음이 더 단단해진다.

## 4. 닫는 말

이상희 시인의 작품 세계는 지난한 일생을 서정으로 바꾸는 시간성의 변주가 찬란하다. 극히 제한적일 수밖에 없는 시조의 형식적 틀 안에 그 어떤 고통도 아름답게 꾸미고 일어서려는 굳은 의지를 담았다. 순수하고 맑은 생활의 에너지가 충만하다. 낯익은 풍경들이 행간에 굼틀거리며 살아 숨 쉰다. 어느 것 하나라도 쉽게 놓치는 법 없이 율격을 다듬으며 시적 형상화에 매진한다. 그러나 좀 더 우리 시대에 시조가 나아갈 새로운 가능성과 미학을 보여주었으면 하는 바람도 있다. 비록 자연적 연령은 황혼에 접어들지만, 정신적 연령은 아직 젊고 건강한 청춘이다. 시인으로서 더욱 치열한 삶을 통해 곡진한 작품 세계가 밝게 펼쳐지기를 바라면서, 첫 시조집 『시간에 꽂아둔 책갈피』가 세상에 나온 것을 축하드린다. 세상의 심장에 스며들어 더욱 역동적인 작품으로 찾아올 다음 시조집에 거는 기대도 크다. 부디 건강한 삶과 탄탄한 시정신으로 성장하여, 한국 시조단에서 환한 빛이 되길 응원한다.

**이상희**

경북 경주 출생. 2016년《해동문학》시, 2020년《월간문학》신인상 시조 부문 등단. 한국문인협회, 포항문인협회 회원. 포항 더율시조 동인.
hee1513@hanmail.net

시간에 꽂아둔 책갈피

—

초판 1쇄 2024년 7월 29일
지은이 이상희
펴낸이 김영재
펴낸곳 책만드는집

—

주소 서울 마포구 양화로3길 99, 4층(04022)
전화 3142-1585·6
팩스 336-8908
전자우편 chaekjip@naver.com
출판등록 1994년 1월 13일 제10-927호


—

ISBN 978-89-7944-873-3 (04810)
ISBN 978-89-7944-354-7 (세트)